SOMOS GIRASSÓIS

TRMAIA

SOMOS
GIRASSÓIS

EDITORA
Labrador

Copyright © 2023 de TRMaia
Todos os direitos desta edição reservados à Editora Labrador.

Coordenação editorial
Pamela Oliveira

Assistência editorial
Leticia Oliveira
Jaqueline Corrêa

Preparação de texto
Marília Courbassier Paris

Projeto gráfico, diagramação e capa
Amanda Chagas

Ilustrações do miolo
Juliano Rodrigues

Revisão
Daniela Georgeto

Dados Internacionais de Catalogação na Publicação (CIP)
Jéssica de Oliveira Molinari - CRB-8/9852

TRMaia
  Somos girassóis / TRMaia. — São Paulo : Labrador, 2023.
  160 p.

ISBN 978-65-5625-363-3

1. Poesia brasileira I. Título

23-3764   CDD B869.1

Índice para catálogo sistemático:
1. Poesia brasileira

Editora Labrador
Diretor editorial: Daniel Pinsky
Rua Dr. José Elias, 520
Alto da Lapa – 05083-030
São Paulo – SP
+55 (11) 3641-7446
contato@editoralabrador.com.br
www.editoralabrador.com.br

A reprodução de qualquer parte desta obra é ilegal e configura uma apropriação indevida dos direitos intelectuais e patrimoniais da autora. A editora não é responsável pelo conteúdo deste livro. Esta é uma obra de poesia. Apenas a autora pode ser responsabilizada pelos juízos emitidos.

À minha família, Fernando, Tiago, Gustavo e Larissa pelo amor e inspiração diários e apoio na construção dos meus sonhos.

À poeta Yeda Schmaltz que me incentivou a publicar meus livros.

À Editora Labrador, em especial, aos queridos Diego e Pamela, que abraçaram este projeto desde o início.

Ao amigo Marcus Vinícius Queiroz pela apresentação e olhar sempre carinhoso para minha escrita.

Ao escritor Lucão e ao jornalista Marcello Queiroz, pela leitura e comentários.

Muito bom ter amigos que também amam poesia!

Quero seguir escrevendo e inspirando.

Acredito que somos todos poesia... me acompanhem nesta jornada.

Telma Romão Maia

"Os girassóis
têm dom de auroras."
Manoel de Barros

TRANSCENDÊNCIA

> [trans·cen·der] do latim *transcedere*, que significa ultrapassar, transmutar, uma verdadeira licença poética filosófica para refletir ou expressar o sentimento do mundo e da vida humana.

"Prazer em conhecê-la!", disse o corpo à alma.
"Você tem uma luminosidade transcendente!"
A alma responde ao corpo: "Você também pode transcender. Basta deixar que a irradiação da divina luz do sol gire em torno de você!"

Apresentar o terceiro livro desta alma iluminada que é Telma Romão Maia é uma transcendência espiritual e uma grande responsabilidade humana.

Depois de sua corajosa metamorfose, saindo de uma carreira publicitária e se transofrmando em borboleta na suavidade e sinfônica escrita de *Casulo*, seu primeiro livro, e, três anos depois, embarcar em uma amadurecida jornada de palavras, ritmos e aventuras com *Viagens e Versos*, seu segundo livro, Telma Maia revela, agora, a transcendência de sua alma iluminada e consciente na sua metapoesia, *Somos Girassóis*.

A transcendência entre o silêncio e o sentimento demonstra uma magia alquímica em transformar palavras – verdadeiros ícones e símbolos da alma – em luz, cores, histórias, respeito, sentimentos, raízes, amores, vivências e música.

Esse todo é o nosso ser em partes, como em *somos momentos, somos emoções, somos raízes* e *eu, minimalista*. Ou seja, essa é a verdadeira metaessência de *Somos Girassóis*.

A harmonização lúdica da sonoridade das palavras se transforma em uma verdadeira transcendência de poema e poesia.

Não ficarei aqui dando explicações teóricas sobre o que é poema e poesia. Neste meu estado transcendental e iluminado por *Somos Girassóis*, quero provocar a leitura e convidar você a silenciar sua mente e se abrir para a luz cósmica e quântica deste embriagante livro.

Não quero ter a métrica para ficar medindo olhares, sentimentos e comportamento dos outros. Quero mais é que todos se deliciem na transcendência de autoajuda e automedida do poema *Pessoas*.

Outra maravilhosa e corajosa transcendência está no empoderamento humano de *Mulheres*: umas santas, outras nem tanto... Uma revelação da maluquice, da busca da felicidade e da beleza de todos os dias, sem cotidiano, em uma metalinguagem poética dessas luminosas guerreiras da vida.

A transcendência do fruto e do néctar, que faz você se embriagar, degustando *Vinhos de Guarda*.

E é assim em cada página, em cada revelação, em cada harmonização de palavras, ritmos e sentimentos, que vão transcendendo em um metaverso que só se encontra no cosmos transcendental de Telma Maia.

Somos Girassóis é uma metaessência da vida.

A obra tem até *Samba do Chico*. É um arcabouço de mantras que desperta sua consciência sem preconceito ao desnudar o profano e o divino desafio de *viver*. E, já que sempre afirmo que viver é uma arte, *Somos Girassóis* comprova pela magia poética da autora que *A VIDA É UM SHOW!!!*

Transcenda sua alma e espírito com o novo livro de Telma Romão Maia.

Marcus Vinícius Queiroz
Publicitário, Consultor em Marketing e
Ativista da Felicidade / Jovem Pan

SOMOS GIRASSÓIS

Eu me viro
E recebo a sua luz
As suas cores
A sua história
E respeito
Suas raízes
Seguimos assim
Girassóis
Cada um na sua individualidade

PESSOAS

Existem pessoas
que andam por aí
com uma fita métrica no olhar
muitos pesos, muitas medidas

uma pena quase sempre
usarem para medir somente os outros
e nunca a si mesmos

Talvez devessem embarcar
em uma viagem para dentro
projeto
de autoajuda
e automedidas

MULHERES

Umas santas
Outras nem tanto
Todas lindas
No seu próprio encanto

Não hesitam
Ser felizes
Malucas beleza
Fazem acontecer
Abraçam o mundo
Todos os dias

Quando descem da cama
Reino (insólito)
Sobem no salto
Se derramam
Em amores diários
Em detalhes caprichosos
Artes e carinhos infinitos
Tecendo vidas
Guerreiras sempre

VINHOS DE GUARDA

O vinho que abrimos
O momento que sentimos
O tanto que rimos
Valeu demais
Somos de uma safra
Que merece guarda
Vida longa
Aos parceiros fiéis
Presentes
Em nossa caminhada
Os bons anjos, os amigos

AMIGOS

Amigos, tempero da vida
Doces, apimentados e,
em alguns dias,
até um pouco ácidos
Nem sempre os mais
próximos
estão por perto
Nem sempre os
distantes
estão ausentes
Presentes do dia a dia
Amo todos eles
Dos sabores
e para os dissabores do caminho
eles são sempre o melhor

TESOURO
DE CORA

A cidade é pequenina
As janelas passam a tarde
E se entreolham

Ali encontrei um passado
De homens e mulheres
Talhados em madeira nobre
A beleza dos santos e sonhos de Veiga Vale,
A herança da poesia, das cores e doces
De Cora Coralina
E tantas histórias
Escondidas
Nos becos e ruas
De pedra da antiga e amada Goiás

CORA
LINDA

Na poesia de Cora
Nos becos e nas ruas de Goiás
Encontrei versos tristes
Vidas de pedra
Passado e presente
Nada doces
Vidas perdidas, paradas
Dura realidade
Das pequenas cidades
Do nosso imenso Brasil

AQUAELA

Sim
Eu me amo
Amo as minhas cores
Em todos os seus matizes

Aprendi
No fluir da vida
A ser água que corre
Que desvia das pedras
Que reflete o azul do céu
O verde das matas
A maturidade me ensinou
Parar?
JAMAIS
Aprendi também a ouvir e a amar
Os dons da natureza
Tudo que me cerca
E, claro, a natureza humana
Riquíssima cartilha pra vida
Aprendi a ouvir mais que falar
Aprendi a calar em momentos estratégicos
A medir as emoções
A ser mais bálsamo
Que espinho

VIDA

E pra que serve a vida?
Senão para vivê-la e apreciá-la a cada dia?
Então,
Não briga com seu dia, menina
Abraça e vai
Ser a sua mais linda companhia
A sua favorita
Você merece o melhor
De você

SABORES

Meus amores
Levo todos à mesa
Sempre regados a um bom vinho
Amo esses momentos
Ali entre talheres,
Comentários do dia
Risos alegres
Descubro sempre
Por que cada um me encanta
Sal, doce, apimentado,
Tudo misturado, ou não
Meus amores dão sabor a cada momento
Seja família, sejam os amigos
Aquilo que me completa
Que alimenta meu amor pela vida
Nesses encontros
Minha dose necessária
Da essência que tempera
Os meus dias

PROFISSÃO DE FÉ

A escrita
Me marca
Tatuagem na minha vida
Desde sempre
Meu "modus operandi"
Para traduzir
A mim, ao mundo, aos outros
Em versos
Em prosa
É minha irmã
E profissão de fé

PÃO CASEIRO

Namorar o amanhã
Em tempos difíceis
Acordar sonhando com o poder
De acelerar o tempo
O pão de hoje amassado
Em nossos sonhos

SOMOS MOMENTOS,

TEMPO

TEMPO REI

O Senhor de todos os senhores
o tempo
veio me visitar
cochichou no meu ouvido
cumplicidades
ah, como eu queria
agarrá-lo
beijar profundamente sua boca
e entender o seu segredo
mas ele simplesmente
passou por aqui
e me deixou a ver navios
o jeito é embarcar nesta viagem
que é a vida real
sem me prender
no sonho da eternidade
mas quem não a deseja?
pelo menos por um segundo?

TÃO LONGE,

TÃO PERTO

uma viagem cura
uma viagem alimenta
uma viagem transforma
uma viagem acrescenta

uma viagem é sempre uma terapia
uma viagem pra fora
nos leva a uma viagem
pra dentro

prazer em se conhecer
um tempo pra se permitir
uma egotrip

sempre a melhor viagem
aprender os caminhos
que nos leva
ao amor próprio

tão longe,
tão perto

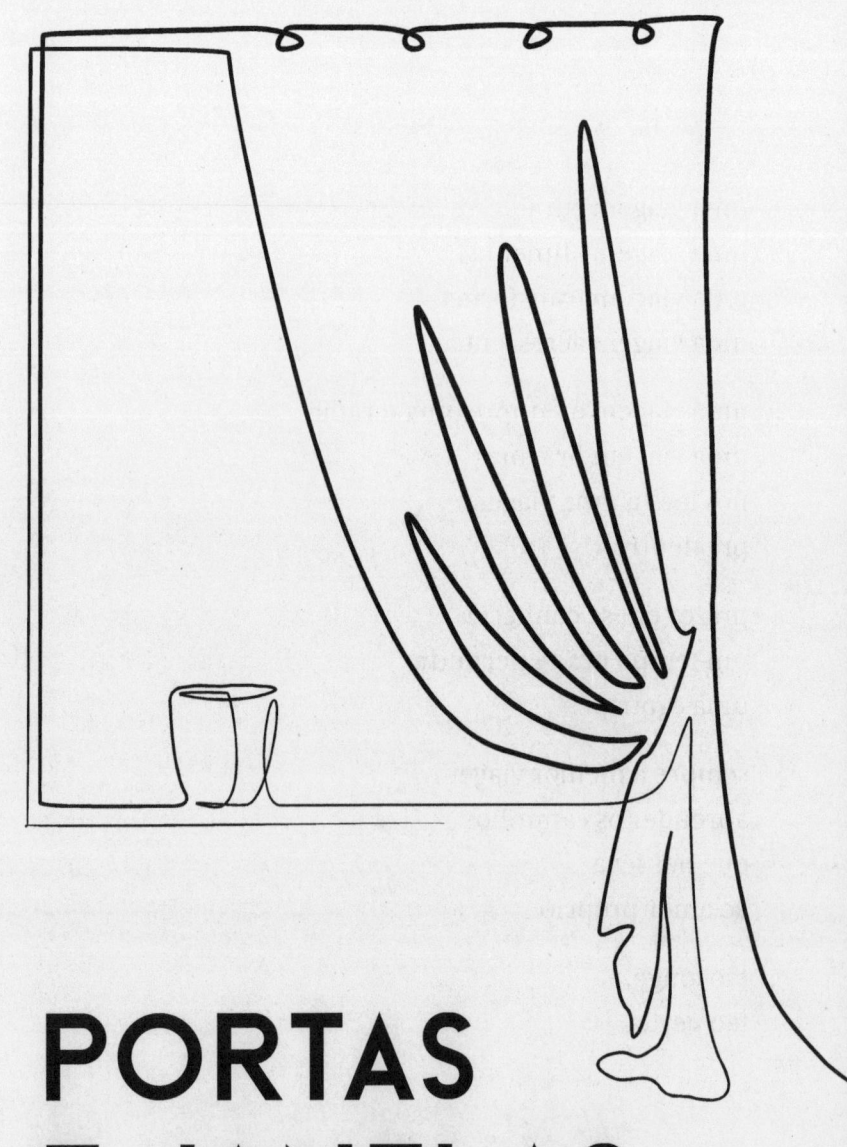

PORTAS E JANELAS

Amo portas,
amo janelas
em minhas viagens
fotografo sempre as mais coloridas
amo a sensação
de imaginar as vidas
que por ali passam
diariamente

vidas que seguem
um ritmo próprio
por isso talvez
prefira vê-las abertas
é mais fácil pensar nas infinitas possibilidades
de cada uma delas
a criança que sai correndo
a adolescente que se despede do namorado
e os olhares observando das janelas
momentos fotografados
escancarados pra vida
que está pra chegar
portas e janelas e vidas em movimento

amo muito tudo isso

ENCONTRO
DE ALMAS

Mergulho
Um rio profundo
Cortando vales
E vendo a vida passar
Passou depressa
Abriu muitos caminhos
Foi semeando margens e sonhos
Adentrando terrenos desconhecidos sem medo
Desnudando sentimentos com coragem,
respeito e cumplicidade
Construímos castelos
sobre pedras
Tecemos uma teia que nos sustentou e muitas
histórias
Contáveis e incontáveis
Que bom
Nosso amor
Valeu a pena
Certamente
Continuará dando bons frutos

VERSOS

Verso simples
Verso monossílabo
Versos complexos
Versos enigmáticos
Versos ricos
Versos bárbaros
Estão todos ali
Nas nossas entrelinhas
Você sabe
Eu te versei
Versos e reversos
Porque
São sempre seus meus versos
Hoje e sempre
Minha poesia
Meu prato do dia
Café, almoço, jantar
Queijo e rapadura
Foie gras e vinho tinto
De um jeito ou de outro
A gente harmoniza

ENQUANTO

Quando puder
Tiver um tempinho
Volte
     Habite
Aqui   inteiramente
     Seja
Meu   sonho
     Meu ouro
Vamos, como diria o mestre Leminski,
"trans...for...mar"
Navegar
nosso viver em mares tranquilos
Nos lapidar,
vida é metal precioso
Pra ser preciosamente trabalhado

Aliança
Compromisso de viver
Nosso melhor
Enquanto a vida corre
Encanto que perdura

CARPE DIEM

É chegado o tempo
De viajar nas horas
De refazer a trama dos lençóis que nos abraçam
De realizar sonhos
De deixar os frutos amadurecerem
De saborear mais lentamente
O doce dos corpos maduros
O cítrico do entardecer
É chegado o tempo
De navegar pra longe
Deixar-se ir
Ao sabor das correntezas
Desconstruir expectativas
É chegado o tempo de viver não os dias,
Mas as horas, os minutos,
Lentamente, e daí?
Caminhando pelas linhas tortas
Das nossas mãos marcadas de sol
Reconhecendo os meandros da nossa alma
Frente ao espelho se amar mais e melhor
Fugir da agitação lá fora
Buscar o aconchego
Das memórias bem guardadas
Penso que deve ser isso que chamam de
"envelhecer"
... sim, é o que eu quero,
Definitivamente quero chegar bem lá!

MARÍNTIMO

Acho que foi na primeira vez
Que vi o mar
Aquele ir e vir sem fim
A brisa leve, maresia
A maré vida
Que enche e esvazia
Ali aprendi a olhar a vida e a natureza
Com olhos de aprendiz
Que cala
E consente, sempre

Diante de tanta sabedoria,
mergulho
escuto
Onda azul
Invade, salga, limpa,
cura

COMBINADO

Tá combinado
Só a gente não sabe
Mas o tempo...
Ahhhhh... o tempo
Esse anjo à espreita
Guarda segredos
Surpresas
Mistérios
Sensações
Que de repente
Saltam
Da cartola do mágico

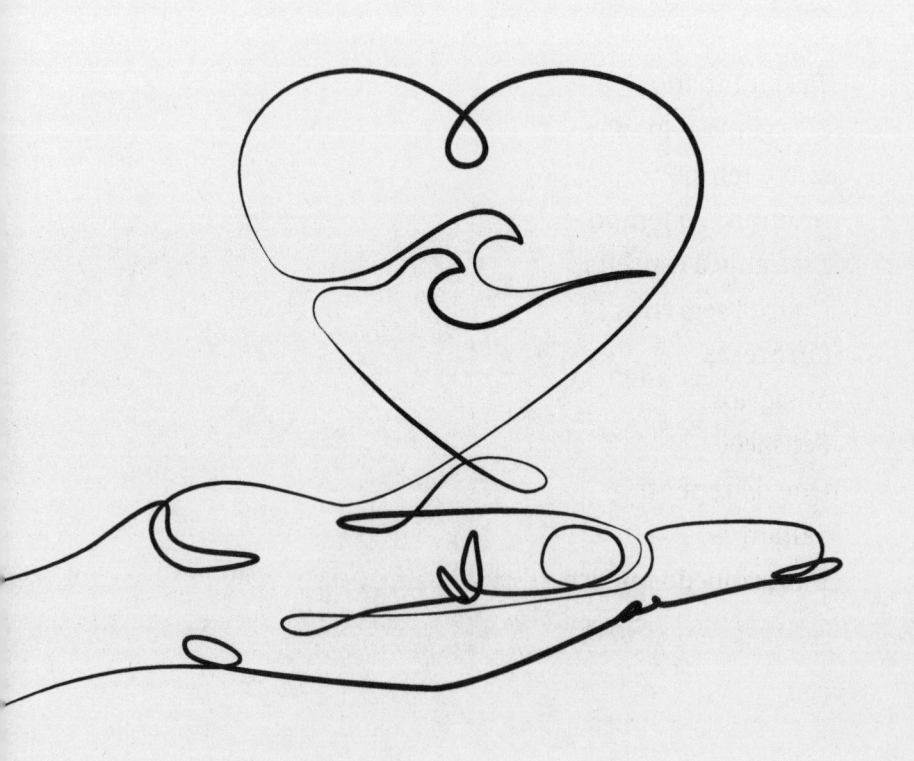

AMOR AO MAR

Amor
Ao mar
Amorrrrrrr em
Ondas
Leves e boas
Aquece o coração
Preenche a alma
Mergulha nos sonhos adormecidos
Acorda o melhor dos meus mundos
E me traz à tona
Renovada

MEU AMIGO

"O MAR"

Suas ondas quentes
Me abraçam
Sal e sol
Temperam nossa vida
Toda vez que te visito
Quero te levar pra casa

EPITÁFIO

Vida arte diária
Água de rio   que corre
Desbarrancando margens
Levando tudo que encontra pelo caminho
Vida, tempo precioso
Minutos, horas, cheios de significado
Vida, pérola pura
Construída dentro das nossas conchas
Com pequenos grãos de areia e sonhos
Vida, reino de sol e lua
Luzes e sombras que nos habitam
Vida, professora incansável
Que nos ensina a ler sinais
Verdes, amarelos, vermelhos
Nas entrelinhas
Vida presente, companheira do agora
Vida que se refaz, reconstrói, reinventa
Vida cheia de sabores
Doces,
Amargos, às vezes
Vida, minha linda
Te queria pra sempre
Uma pena esse nosso amor
Precisar de ponto-final
Queria reticências
Mas farei dos meus versos
Minhas memórias gravadas na pedra
Vida, te amarei além da vida...

PENSAMENTOS BORBULHANTES

A água a borbulhar
Escolho o meu e o seu chá
Momentos suspensos no tempo
Esses nossos
Nossos olhares se encontram
Os seus sorrindo, sugerindo
Tento sempre me antecipar
Aos seus pensamentos
Prazer em pequenos goles
Aquecem nosso entardecer
Me adivinhas

PRECISA MAIS?

Felicidade é isso
Cheiro de café coado invadindo a casa
(se for junto o aroma de pão de queijo saindo
do forno, melhor ainda)
Uma música que acorda o coração
Um vento leve que sopra na varanda
Sensação de paz
Encontros casuais que trazem boas recordações
para o dia
Banho morno antes de dormir
Você e nossos sonhos embalados
Em lençóis macios
Abraço gostoso
Felicidade é um conjunto
De pequenos, simples e preciosos momentos

SOMOS EMOÇÕES,

AMORES

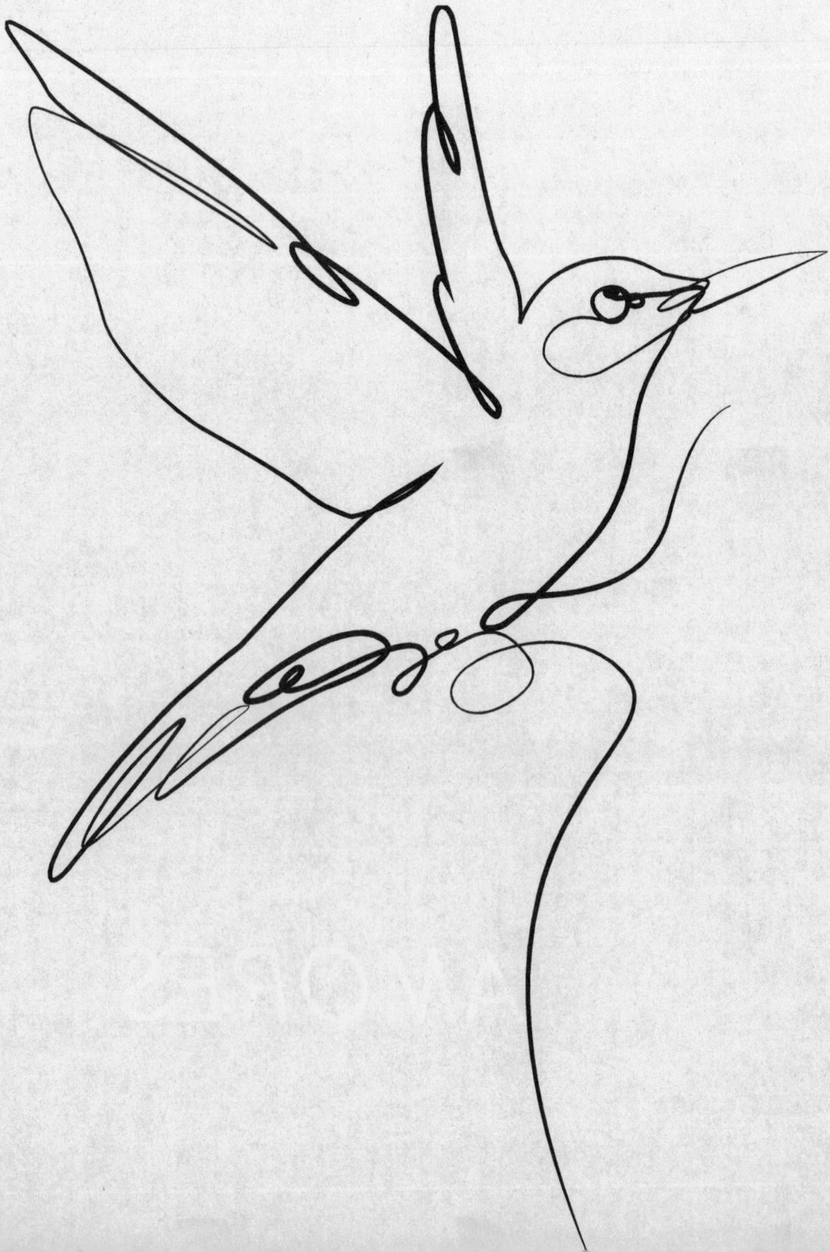

E O VENTO NOS LEVOU...

O meu voo
o seu voo
rajada de vento que nos levou juntos pra vida
o meu verbo
a sua equação

nem príncipe
nem princesa
simplesmente
gente de verdade
que se curte

muito antes das redes sociais
da vida escancarada
amor raiz
amor de uma vida
que multiplicou

o seu olhar carinhoso para o meu mundo
a minha admiração pela sua resiliência
uma rede tecida diariamente com capricho
na vontade e no prazer de caminhar juntos

diamantes
preciosos um para o outro
como diria Fernando Pessoa
"o amor é uma companhia"...
estava lá desde o início
no nosso convite
a melhor companhia sempre, eu diria!

VOO

Tiro os pés do chão
Dou asas à imaginação
Todas as vezes
Que quero encontrar
O mais leve em você
Nascemos para voar juntos

VERTIGEM

Te ver
Me provoca
Visões, tonturas, loucuras
Te ter
Me provoca

TOQUE

O seu
O meu
Toque
Arrepio
Por um fio
Você e eu
Sem dramas
Deitar na cama
E viver
Simplesmente
O melhor
Do amor
Nós
Em nós
Descomplicados
Quando guardados
Em nosso mundo particular

ATO CONTÍNUO

Quem dera
Primavera
Florir no seu ato
Exato
Desabrochar
Nos seus braços

Abraços
Infinita onda
Que me cobre
Fico
Sem ar
Em seu mar

Navego
Ego
Barco
Arco
Laço
Lança
Quiçá
Possamos
Chegar juntos
No final
Afinal
Te amo
É fato
Infinito
Ato contínuo

A DOIS

O melhor da vida
Encontro ao teu lado
Viagem nossa
No começo, a dois

Depois a três
Agora,
A três por quatro

Na nossa equação
O amor só multiplica
Tomara que viralize

NOITE

Queria te dizer
Ver
Sentir
Queria-te
E, quando a noite chega,
Quero
O brilho das nossas estrelas
Nos abraçando
Cobertor de sonhos
Nosso amor
Habita planetas
Ainda desconhecidos
Ao resto dos mortais

SAMBA DO CHICO

Nosso amor é rima rica,
passo cadenciado, samba de Chico Buarque
balanço gostoso,
ginga, pinga pura "da boa",
é jogo de cintura
borogodó e cura
tem brilho nos olhos de quem
entra na dança
de corpo e alma
sim, a vida é curta
e o mundo é bem pequeno
mas a nossa sede de viver
é imensa
que pena a vida ter um lado prático
que nos rouba tanto tempo
de estar juntos
quisera eu viver de você, de samba e poesia
eternos domingos

CURA QUÂNTICA À MODA MINEIRA

O teu beijo cura
Teu olhar cura
Teu toque cura
O simples conversar... cura
Mineiramente falando
Você é uma baita terapia
E eu não abro mão
Da sua companhia
Como bons mineiros
Somos queijo "bem curado" com bom vinho
Dupla que harmoniza
Sempre

ABC

meu A
meu B
meu C
Aprendiz de você
cartilha
colo
cama
caminho
meu mestre
meu guru
meu pinot noir

DE LUA

Amo todas as suas luas
Porque elas harmonizam
Todos os meus sóis
Amo drenar em você
Toda a minha energia
Meu porto seguro
Meu fio terra
Adoro ser o centro desse mapa astral
Bem que me falaram
Quando te conheci
Capricórnio e leão
União feita para durar
Yin e yang
Encaixe perfeito
No seu colo
A leoa descansa

NO
BALANÇO
DA REDE

Em uma só rede
Nos deitamos e dormimos abraçados ao momento
Vontade de parar o tempo,
O vento que nos acaricia
Eternizar este momento
Um beijo na boca da vida
Pra agradecer

BOMBOM

Pra hoje
Que você
Está distante
Vou desembrulhar o bombom
Que você deixou
No criado-mudo
Mesmo longe
Suas lembranças
Adoçam meu dia

O TEU OLHAR

Você
Mexe comigo
Vê além
Enxerga o que nem eu vejo
Desnuda
Aprofunda
Investiga
O teu olhar
Me busca
Me abraça
Me despe
Interroga
O teu olhar
Coloca
Os pingos nos is

SOMOS RAÍZES,

FAMÍLIA

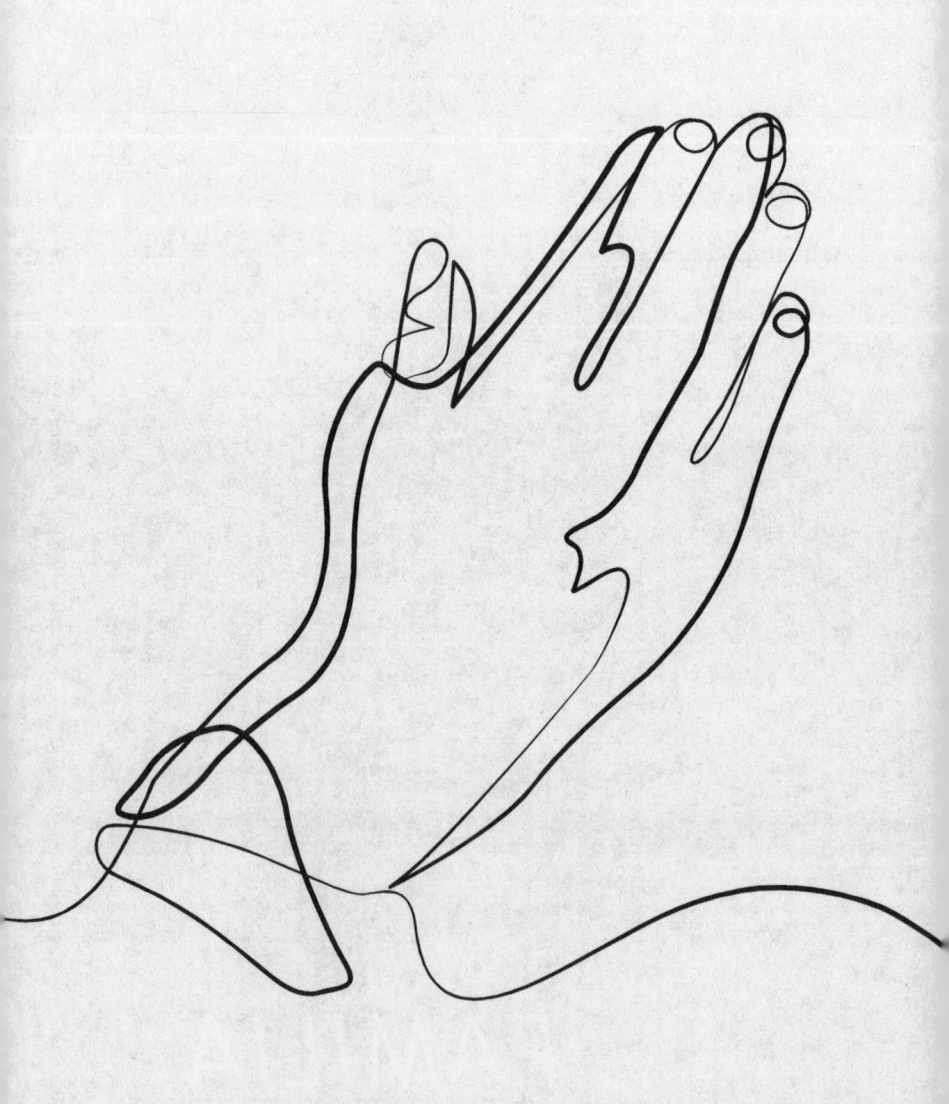

ORAÇÃO

O melhor
O mais correto
O perfeito
Tudo que Deus faz
Eu me rendo ao destino
Ele tece

Sigo em minhas orações diárias
Aprendi a confiar
Na fé tatuada em mim
Incontáveis missas, novenas e terços
Rezados juntos

Nossos milagres diários
Herança de pai, mãe, avós
Oratório e velas acesas
Gerações que acordam em mim
Minha natureza fervorosa

Rios e risos
De vidas e lágrimas
Caminhos e descaminhos
Que me trouxeram até aqui
Por tudo isso, gratidão

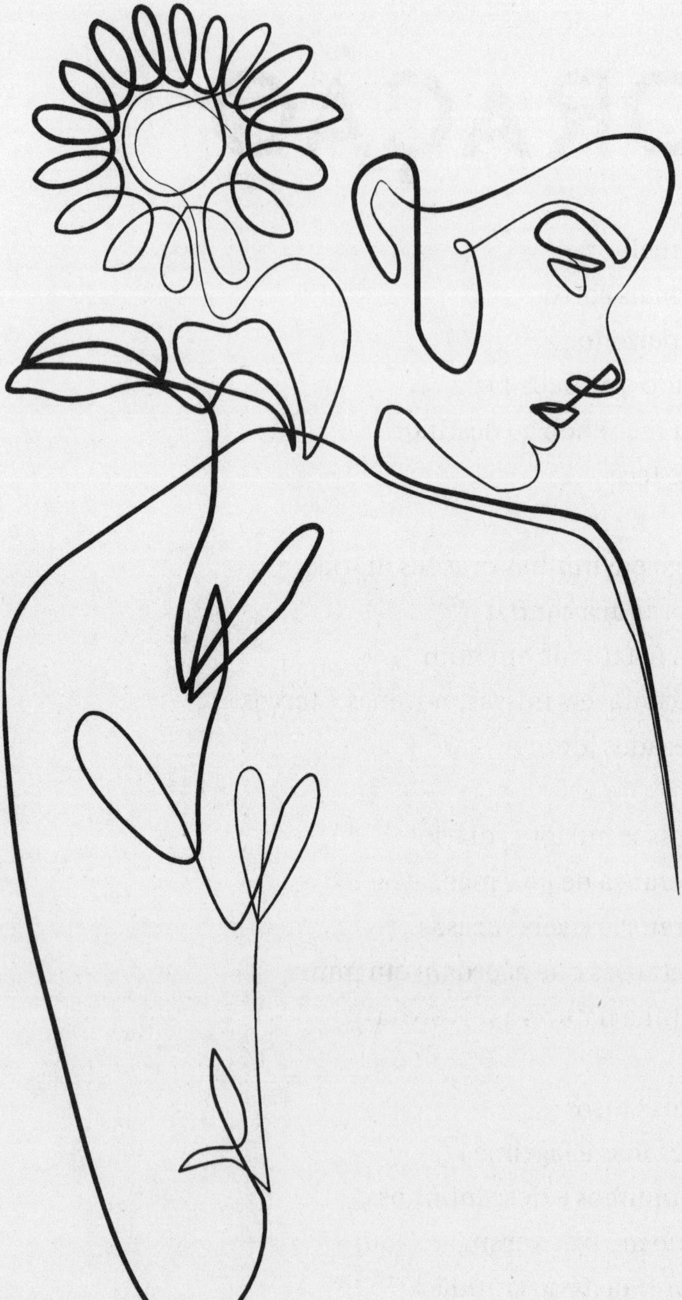

EU INTEIRA

Me habitam
A menina de dez anos
A jovem de vinte
A mãe de trinta
A publicitária de quarenta
A mulher madura de cinquenta

Se eu já sinto o peso dos anos?
Não, não sinto
Escolhi ser leve

Problemas, perdas, dores, decepções?
Sim, claro, um monte, quem não os tem?
Mas preferi guardar todos nas linhas já traçadas em meu rosto
Carrego todos comigo, sem questioná-los mais

Agora... os ganhos, os momentos felizes, as bênçãos e conquistas...
Esses eu uso como combustível diário
Acordo, agradeço, visto o meu melhor sorriso

E vou
Quero sempre acreditar
Que as pessoas que cruzam meu caminho
Merecem o meu melhor

E espero, assim,
Ver passar os sessenta, os setenta, os oitenta...
Os caminhos são incertos sempre
Mas as escolhas, essas, são nossas
Abraço todas e sigo com fé, sempre
Assim aprendi
Obrigada, mãe, obrigada, pai
Vocês são minha tatuagem

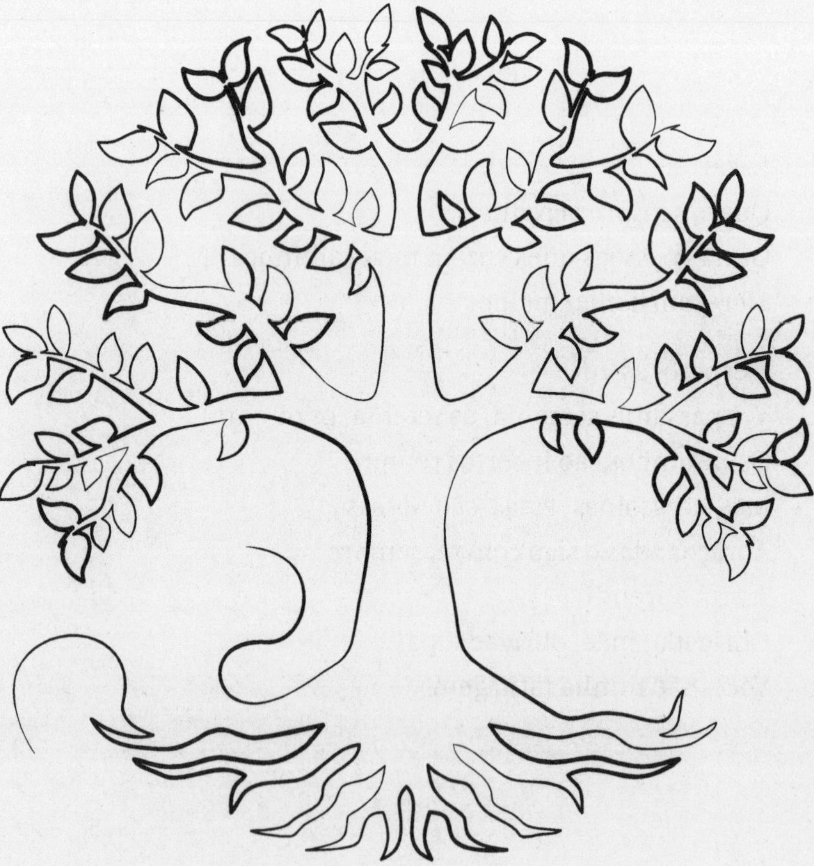

HERANÇA

Não sei quando casei com você a primeira vez...
Casamos tantas vezes
E, sem cansar,
Seguimos
Sem nos perder
Identidades preservadas
Acreditando no amor
A melhor herança recebida
Cultivada
No nosso "modus operandi"
Yin e yang
Encaixe perfeito
Respeitando as fronteiras
Sorte a nossa
Passamos juntos todas as estações
Céu de brigadeiro, algumas tempestades também
Quando olho para trás
Custo a acreditar
Viramos uma linda colcha de retalhos
Quero, ao final,
Poder cobrir nossos netos com nossas histórias
Herança bendita é o amor

AOS MEUS
Fernando, Tiago e Gustavo

Vocês são minha entrada, meu destino sempre...
Desde o início já tinha vocês correndo nas minhas veias,
Habitando meus sonhos...
Meus super-heróis diários
Deus me fez mulher
Para poder ser de vocês
Ele sabe de tudo
Sabe que a minha alma anseia por amor, força e sensibilidade em equilíbrio
Vocês me trouxeram tudo isso...
Cada um na exata
Medida do meu querer
Diferentes mentes, um só coração
Amo o nosso passado, presente e futuro
Amo cada lugar aonde chegamos juntos
Caminhando de mãos dadas,
Atados pelo amor... elo divino
Maktub
Tinha que ser assim
Eu de vocês,
Vocês de mim

MEU
PLANETA
AZUL

No movimento dos nossos dias
O acordar de vocês cantando
O abraço que levanta ou quase derruba
No ritmo das horas passadas
Em nossas viagens e prazeres diários
Me sinto dançando
Vocês são minha música
Meu planeta diário
Sigo satélite cativo
Dos sonhos de cada um

RAÍZES
para meus filhos

Sinto minhas raízes
Afundarem em vocês
Profundo sentimento
Que a natureza consolida
Nos seus passos
Sim, estão gravados,
tatuados
Todos os aprendizados
Da caminhada
Queria poder imprimir
O "não erro"
Mas é impossível
Até porque sem eles
a vida
Seria muito sem graça
Os erros nos permitem
Corrigir a rota, amar
a caminhada,
Os encontros,
as "coincidências"...

Quero para vocês o amor
Que arrepia, que tira
o fôlego,
Que conspira
E faz parar o universo
Por um segundo
O amor simples
O simples amor
Que toca e harmoniza
Que inspira e faz viver
Com toques musicais
Nas entrelinhas
Dancem conforme
a música,
Permitam-se
Amem o dom da vida
A cada amanhecer
Essa é minha herança!

VOCÊS

SÃO

MEU

LUXO

A

CASA

QUE HABITO

EU, MÃE

Coração de mãe é engraçado
O meu anda por aí
Migrou
Se dividiu
Em dois amores morenos
Faz tempo,
Não me pertence

PAI E MÃE

PARAÍSO

NA TERRA

PEDRAS
ANGULARES
PRECIOSAS

MINHA MÃE

Luz que me guia
Sol que me ilumina
Colo e Calor eternos

BOAS
COLHEITAS

Ontem
Tempo de ser tudo
Presente
Tempo de se guardar e plantar
Futuro
Tempo de colheita
Todo tempo
Nosso
É preciosa história
Rica em cores e sabores atemporais
Que permanecem
Tatuados no coração
Nossos relógios sincronizados
Nos despertando
Para a vida
Que nos convida diariamente
Ao amor amadurecido
Naturalmente
Em todas as estações

VÓ LUZIA

Amor entrega
Aos netos que nem dela eram
Aos filhos que adotou como seus
Coração gigante
Mulher de fé forte
Doação
O amor e suas infinitas formas
Encontra em solo fértil
Mil maneiras de se multiplicar

RENATO

Nato
Ato
Exato
Cada palavra, um passo de dança
Saudades de ter os primos unidos
De descobrir cinema e arte
De uma sensibilidade cativante
Trago você comigo
Pedaço de uma infância gostosa
Tem gente que não larga a gente
Mesmo distante
É sempre lembrança e presente

ROSANA, PRIMA-IRMÃ

Rosa
Ana, mulher forte
Irmã de fé e de cartas intermináveis
De tudo, um pouco,
Que a vida queria ensinar
Cores e nomes
Gente é pra brilhar
Nas minhas melhores memórias
O simples, o belo... Deus em tudo,
Em todos
Rosa linda, tipo de gente rara
Que vira tatuagem
Com você aprendi tanto
Em pouco, mas imenso tempo
Te serei sempre grata
E fã, incondicional
Peço tua benção
Prima-irmã Rosa

EU,

MINIMALISTA

MY WAY

Amo um amanhecer
a cada novo dia
inauguro vida nova
sigo acreditando em dias melhores

OLHAR

Um momento
Um segundo
Disse tudo
Guardei

MEU
TEMPO

TENHO
TEMPO

TEMO
PÓ

VISTA EMBAÇADA

NÃO TE VER

FAZ A MINHA VISÃO
DISTORCIDA

TIRA O FOCO

VOCÊ É
MINHA LENTE
DE PRECISÃO

TÃO SUA

Tão
Tao
Tato
Ato
Exato
Hiato
Enfim nós

AHH...

TODO TEMPO

MAR...

TE AMO!

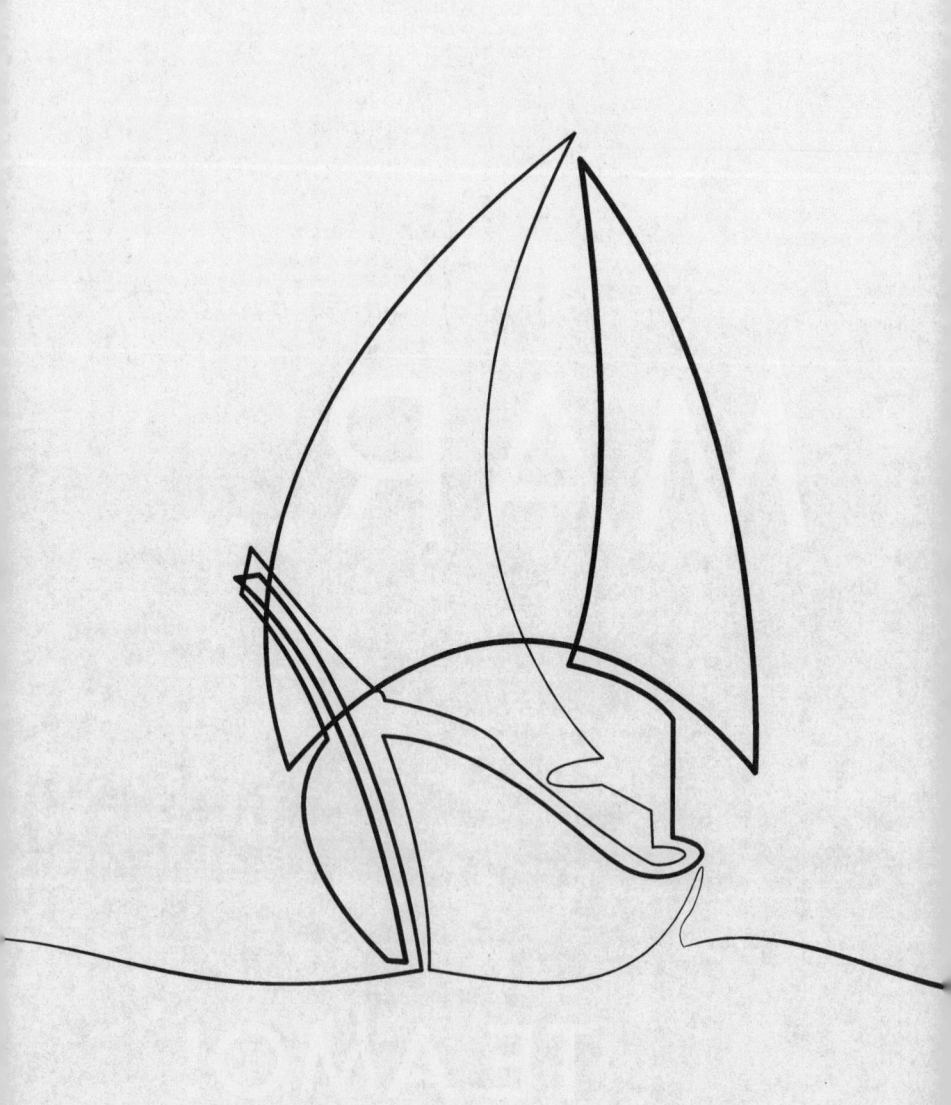

ONDAS

Nas suas ondasssss
Navego melhorrrrrr
Reconheço as rotassssss
Sei ir e voltarrrrrr
Em segurançaaaaaaa

MARES

Meus mares
Seus ares
Nossos sóis
Sós
Nos bastávamos

VERDE

Verde
Ver-te
Vertigem
Seus olhos derramando
Na paisagem

PANDEMIA 2020

Precisando de palavras curvas
Para contornar
Este momento pedra

NO BALANÇO
DAS HORAS

SOB O EFEITO DA
NOSSA MÚSICA

DANÇO FELIZ

ME SINTO PLENA

SUA

LUA

SOLTA

NUA

ECLIPSE

PRAZER

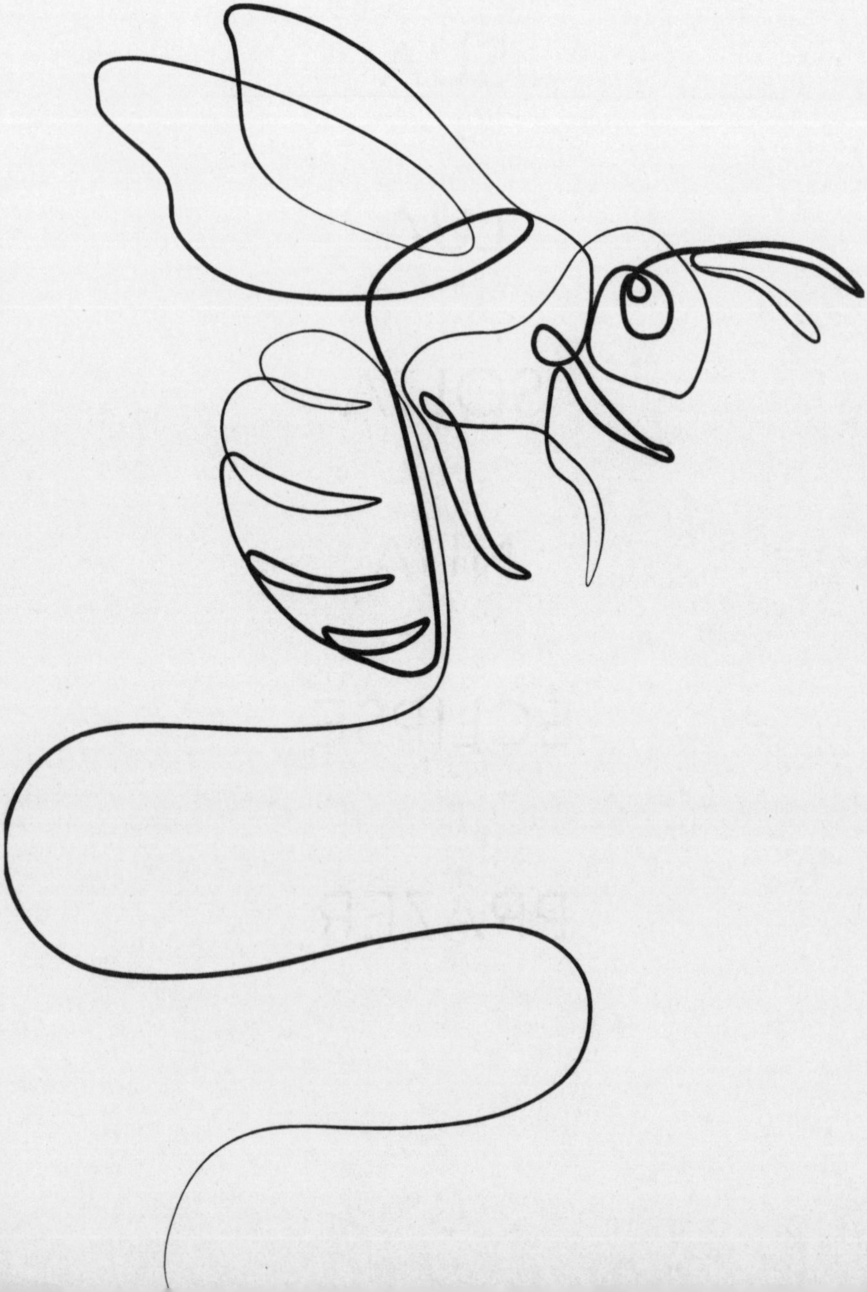

COLMEIA

Seja como abelha,
ou seja como flor,
O que realmente interessa
É encontrar o seu lugar no jardim
Floresça, aonde você flor

EU VELEIRO

Velejar a vida
Se lançar aos ventos
Deixar fluir
Conquistar meu mundo

ASAS

Para que as desejo?
Para minhas viagens diárias
Poetizar é dar asas aos sentimentos
Traduções da inquieta e sedenta
Alma humana
As palavras nas versões dos poetas são asas
Compartilhadas

URGÊNCIA

A vida
Tão fugaz
Tão gostosa sensação
Tão nossa
Vida é hoje
Viveu?

METAL PRECIOSO

Quanto tempo perdido
E tempo é metal precioso
Tempo não se perde assim...
Sangue correndo nas veias
Tempo, meu grande amor
Te queria eternamente

Esta obra foi composta em Mrs Eaves XL Serif Nar OT 12,5 pt e impressa em papel Polen Natural 80 g/m² pela gráfica Meta.